I0550849

LETTRE
DE MESSIEVRS LES
Curez de Paris, à Monseigneur
l'Euesque d'Orleans.

SVR LE SVIET DE LA CENSVRE,
qu'il a faite de l'Apologie, des Casuistes.

ONSEIGNEVR,

Nous ne doutons point que la Censure que vous venez
de faire de la detestable Apologie pour les Casuistes, ne soit
receüe auec admiration de tout le monde, ny que tous ceux
qui ayment la justice Chrestiéne ne loüent vostre generosité.
Mais nous pouuons vous assurer, Monseigneur, qu'elle a esté
receüe & leuë dans nostre Cōpagnie, non seulement auec autant de joye, que dans vostre propre Diocese, mais aussi auec vn
sentimēt d'obligation que nous auōs à vôtre Grandeur, à cause

du secours que vostre Censure nous donne, contre ce pernicieux libelle, dont nous pourfuiuons la condamnation. Il est donc bien juste, Monseigneur, que nous vous rendions de tres-humbles actions de graces de vostre Censure, puisqu'elle nous assure déja de la victoire, côtre les ennemis de la Morale Chrestienne: c'est ce que par deliberation du iour d'hier de nostre Côpagnie, nous fûmes chargés de faire, & ce que nous faisons maintenant auec tout le respect dont nous sommes capables. Vous estes le premier qui auez rompu cette glace, & qui auez prononcé pour la verité contre le mensonge, pour la bonne & saine Doctrine des mœurs contre le plus meschant Liure qui se soit jamais souleué contre elle. Tout le monde benira vostre zele, & celuy qui vous a mis sur le chandelier de son Eglise pour ainsi esclairer les tenebres du siecle le plus corrompu qui fut iamais, & pour redresser les aueugles au bon chemin, sera vostre recompence: nous esperons que plusieurs de Nosseigneurs les Euesques suiuront vostre exemple, & que les Censures qu'ils feront, nous donneront tousiours de nouuelles lumieres & de nouuelles forces contre cette Doctine de tenebres ; mais puis que c'est vous, Monseigneur, qui leur en aurez donné l'exemple, nous serons d'autant plus obligez à demeurer à jamais,

MONSEIGNEVR

Vos tres-humbles & tres-obeïssans seruiteurs, les Curez de Paris.

Par deliberation de l'Assemblée, du 11. Iuin 1658.

Rousse, Curé de S. Roch, Syndic.
Marlin, Curé de S. Eustache, Syndic.

RESPONSE

DE MONSEIGNEVR

L'EVESQVE D'ORLEANS,

à la Lettre de Messieurs les Curez de Paris.

MESSIEVRS,

C'eſt auec joye & eſtime que j'ay receu celle que vous m'aués fait la faueur de m'écrire touchant la Cenſure que j'ay faite dans mon Synode d'vn mechant & pernicieux Liure, qui porte pour tiltre *Apologie pour les Caſuiſtes, &c.* dont vous pourſuiuez auec tant de juſtice & tant de zele la condamnation. Dés que j'ay eu aduis que l'on le diſtribuoit dans Orleans, j'ay crû qu'il eſtoit du deuoir de ma Charge de l'examiner ; Ie l'ay fait & le plus exactement qu'il m'a eſté poſſible. l'aduoüe que j'ay veu auec horreur le venin dont il eſt boufy, les calomnies les menſonges & les impoſtures dont il eſt heriſſé. Ma penſée a eſté que ſi dans ce rencontre je n'arreſtois le cours des mauuaiſes impreſſions, qu'il pouuoit faire naiſtre dans les eſprits de tout vn peuple, que Dieu a confié à ma conduite, il m'en demanderoit vn tres-ſeuere compte. Dans cette action je n'ay cherché ny l'aplaudiſſement, ny l'aprobation des hommes ; Mais j'ay cherché Dieu en faiſant ce à quoy ma Charge m'oblige. Ce n'eſt pas, Meſſieurs, & ie vous le dis auec verité, que je n'aye beaucoup de ſatisfaction, de voir que tant de bons Curez, qui ſont eminens & en pieté, & en doctrine, donnent leur approba-

tion à ma Cenſure, Ie ſçay qu'il faut faire le bien pour le
bien, neanmoins en la place où nous ſommes, nous ne
deuons pas eſtre fâchez que les gens de pieté & de vertu ap-
prouuent nos actions, parce que deuans l'exemple comme
nous le deuons, cela peut contribuer quelque choſe à la
gloire de celuy qui nous a mis ſur la montagne pour eſtre
veus. Ie ne douté point que dans ce rencontre il n'y ayt d'autres de Meſſeigneurs les Eueſques qui cenſurent ce mal heu-
reux Liure, ils ſçauent trop bien ce qu'ils ſont pour voir de-
ſtruire les plus pures reigles de l'Euangile, & le ſouffrir ſans
dire mot. Vous vous deuez preparer à des remercimens, comme vous eſtant portez parties declarées contre les corrup-
teurs de la Morale Chreſtienne, Mais ie vous puis aſſeurer
que voſtre corps n'en fera pas vn de mes Confreres, qui
en aye plus de reſſentiment que j'en ay, ny qui le conſerue
plus cherement dans ſon cœur pour tous en general & en
particulier. Ie ſuis.

MESSIEVRS,

D'Orleans le 16. Iuin 1658.

Voſtre tres-humble & tres-affectionne-
né ſeruiteur, A. DELBENE.
Eueſque d'Orleans.

AVIS II.

Sur la Question du Faict.

Du 11. de Ian. 1656.

LE FAICT dont Monsieur Arnauld est destoré, est qu'il a esclici en sa seconde Lettre, que les cinq Propositions, condamnées par Innocent X. Pape, ne sont point dans le Liure intitulé *Augustinus Cornelij Iansenij Episcopi Iprensis.*

SVR QVOY, quant à moy, i'estime que les cinq Propositions sont *en substance dans le Liure de Ianfenius & qu'elles sont de sa doctrine, & de ses opinions.* Et quant à Monsieur Arnauld, que comme le respect de la constitution du Pape, & de la Lettre Circulaire de Nosseigneurs les Euesques de France, la retenu d'escrire clairement, qu'elles n'y sont pas: *Le mesme respect denoit le retenir de l'escrire mesme obscurement.*

LA PLAINTE est que M. Arnaud à offencé le Pape, & nosdits Seigneurs Euesques, en ce qu'eux ayans escrit, lesdites cinq Propositions estre dans Iansenius, il a ozé dire le contraire. SVR LAQVELLE plainte, VEV L'extrait faict, & rapporté par les Examinateurs des pages 49. 230. 249. & 256, de la seconde Lettre de M. Arnauld. Attendu que luy dans (les quatre pages susdites) ny ailleurs dans sa seconde Lettre, il n'a point escrit expressément, mais seulement obscurement, *Que les cinq Propositions condamnées par le Pape, ne sont point dans le Liure de Ianfenius: Qu'on* s'expliquant au fond, il a protesté, *que de bon cœur il embraffe la Constitution d'Innocent X. Pape & tout ce qui a esté deffiny en icelle, & qu'il condamne les cinq Propositions, par luy condamnées, quelque part qu'elles se trouuent, mesme dans Iansenius,* b Quant au Fait qu'il *est prest de croire qu'elles y soient,* c en les y faisant voir, & en la maniere, qu'on les y fera voir, c'est à dire, de mot à mot, ou en substance ; Que ce qu'il a escrit n'a esté que par contrainte, *d pour se deffendre des calomnies atroces contre luy publiées;* Que iamais il n'a eu pensée, ny intention d'offencer e *en cela le Pape, ny les Euesque de France,* qu'il a honoré tout le temps de sa vie: VEV aussi l'acte de sa declaration du 10. Ianuier 1655. de luy escrit, & signé, & par moy presentement leu, &

C

a *En son* *Apol. 1.* *page 5.* *lig. 26.*

b *p. 3. l. 2.*

c *p. 3. l.* *17.*

d *p. 3. in* *fine.*

e *p. p. 4. 5.*

rapporté, par lequel il declare *se repentir d'auoir escrit* (quoy qu'obscurrement) *cette Proposition de Fait, Et qu'il en demande pardon; Et promet à l'auenir de s'en taire en toute soubsmission, & respect;* Son Epistre dudit iour 10. Ianuier 1656. aussi par Moy rapportée, par laquelle il supplie la Faculté, d'agréer, & de recommander à Nosseigneurs les Euesques sa declaration, soubsmission, & satisfaction contenuës audit acte. A CES CAVSES, & à la condition desdites declaration, protestations, & soubsmission, MON AVIS EST, qu'en ce qui regarde la Question de Fait, M. Arnauld doit estre renuoyé absous de toute Censure.

CE FAIT, i'ay suplié la Faculté d'auoir agreable, que ie deposasse és mains du Scribe, mon Auis signé de Moy, auec la declaration, & Epistre de M. Arnauld y attachées, signées de luy, & par moy contresignée. Ce qui a esté accordé, & executé.

Esclaircissement.

IL est aisé de voir par ce que dessus, Quant au Fait, que recognoissant, que les cinq Propositions sont dans Iansenius en substance, ie ne suis pas d'accord de la question de Fait auec M. Arnauld: Et quant à la plainte, que ie ne l'absous pas de toute Censure sur la Question de Fait, ny gratuitement, ny absolument: *Non gratuitement*, veu les declarations, protestations, & soubsmission, auec demande de pardon, contenuës en ses Apologies cottées en marge de l'autre part: & en ses Escrit, & Epistre sus-datez du 10. de Ianuier 1656. *Non absolument*, mais à condition d'icelles declaration, & satisfaction, qui m'ont semblé fideles, & dignes d'estre acceptées à bras ouuerts, & ausquelles ie deubois auoir esgard, & faueur, en estant le Mediateur, le Procureur, & le porteur.

AVIS III.

Sur la principale question de Droict; sçauoir, si la Grace interieure manque à quelques Iustes, és occasions de peché.

L A PRINCIPALE QVESTION de Droict, contenuë en la page 225. de la Lettre de M. Arnauld, d'où elle deuoit estre extraite, & qui est la seule vraye question de Droict, est :

QVE LA GRACE INTERIEVRE, qui est necessaire à la volonté, affin qu'elle puisse vouloir ce que Dieu exige d'elle, luy manque quelquefois és occasions du peché.

SVR LAQVELLE, parce qu'elle consiste en deux poincts: Le premier touchant le besoin, que nous auons de la part de Dieu, du secours de sa Grace, en touttes nos œuures, & d'y cooperer de nostre part : Le second, de sçauoir si la Grace manque quelquefois, principalement aux Iustes : Auant d'en conclure.

IE DIS, Quant au besoin, que nous auons de la Grace en touttes nos œuures, & d'y cooperer de nostre part, qu'il y a quatre Choses à obseruer :

La premiere est, Que Generalement parlant, il y a deux sortes de Grace ; c'est à sçauoir, la Grace habituelle, qui est vne qualité surnaturelle, infuse par le S. Esprit, inherente en la volonté, par laquelle nous sommes Iustes : L'autre est la Grace actuelle, qui est vne saincte motion interieure, & surnaturelle, qui nous est donnée pour faire les bonnes œuures, & pour vaincre les occasions de peché.

La seconde Chose est, Que les Theologiens subdiuisent ordinairement la Grace actuelle, en Grace Excitante & Adiuuante : Operante & Cooperante : Preuenante, Concomitante & Subsequente ; & principalement en Grace Suffisante & Efficace. La Grace Suffisante est vne motion surnaturelle interieure, PAR VERTV DE LAQVELLE, la volonté peut faire le bien, & vaincre le mal, & le feroit, si elle vouloit. La Grace efficace est vne motion surnaturelle, PAR VERTV DE LAQVELLE la volonté peut, & veut, & fait le bien, & fuit le mal.

En la Grace Suffisante, il y a le pouuoir & inaction. Le pouuoir vient de Dieu par sa Grace : L'inaction vient de la volonté, par sa faute. *Quasi duo res sunt homo, & peccator, Quod audit,* dit S. Augustin *a, Homo, Deus fecit: Quod audis, Peccator, homo fecit.* Tout de mesme *L'homme peut bien faire, & il ne le fait pas:* Ce qu'il *peut faire le bien*, c'est la Grace suffisante: Ce qu'il *ne fait pas*, c'est la faute de l'homme.

En la Grace Efficace, il y a le pouuoir, le vouloir ou consentement, & l'effect. *Le pouuoir* est par la Grace. *Le vouloir* est de la volonté, non d'elle mesme comme d'elle mesme, mais auec la Grace. *L'effect* est de la Grace & de la volonté conioinctement, c'est à dire, de la Grace aydante la volonté, & de la volonté aydée de la Grace, ou de toutes deux coopérantes l'vne à l'autre.

L'homme peut, veut, & fait le bien. Ce qu'il PEVT c'est la Grace: ce qu'il VEVT OV CONSENT c'est la volonté: ce qu'il FAIT, c'est la volonté par la Grace, & la Grace auec la volonté.

A cette heure les Theologiens disputent ardemment, touchant la Grace Suffisante, Si elle n'est que Suffisante par son deffaut, ou par la faute de la volonté : & touchant la Grace Efficace, Si elle est Efficace par elle mesme, ou par le Consentement de la volonté. Si son pouuoir est Complet, ou seulement Incomplet : Prochain ou de loing: Immediat ou Mediat : & ce que fait à son efficace le consentement de la volonté, & comment : & pour combien il y entre, Et ainsi d'infinies autres Contestations qui sont partie de ces Genealogies *a*, interminées, & de ces questions inutiles, que l'Apostre deffend mesme aux Euesques *b*, d'escouter.

Mais si toutes ces diuisions, subdiuisions, & subtilités sont bonnes dans l'Escole, elles ne seruent de rien dans la chaire, ny pour instruire les simples, de ce qu'ils doiuent sçauoir de la Grace pour leur salut : Qu'au contraire, il seroit à souhaitter qu'on les eust retranchées : & au fait dont il s'agit, que M. Iansenius n'eust point mis en lumiere toutes ces Questions subtiles & difficiles, qui nous troublent, & qui ont produit tant de disputes & de foy blessés, & de scandales, ou qu'il n'eust point trouué tant d'amis, ny tant d'aduersaires, tant de demandeurs, ny tant de deffendeurs, qui

ont

a Homil.
12. in Ioan.

a 1. ad Timot. 1. 4.

b ad Tit. 3. 9.

ont subtilisé ses subtilitez, & embrouillé ses difficultez.

La troisiéme Chose à obseruer est, qu'il est de foy diuine, que sans la Grace de Dieu, nous ne pouuons rien & quant aux Iustes, la plus saine doctrine est, que de la part de Dieu, outre la Grace habituelle, par laquelle ils sont Iustes, la Grace actuelle interieure leur est necessaire en toutes, & chacune leurs bonnes œuures, & en toutes & chacune les occasions de peché pour les euiter.

La quatriéme Chose à obseruer est, que de la part de l'homme doüé de liberté, & de franc arbitre le Consentement, & Cooperation libre de la volonté est necessaire auec la Grace, aussi en toutes, & chacune les bonnes œuures, & pour vaincre toutes & chacune les occasions de peché.

S'ensuit, que de toutes nos bonnes œuures, il y a deux causes efficientes, c'est à sçauoir la Grace de Dieu, & la volonté de l'homme : en sorte que ny la Grace seule, ny la volonté seule, ne produit point le bon œuure : & qu'elles ne surmontent point seules, & à diuis la tentation: mais la Grace de Dieu excitante, & aydante la volonté: & la volonté excitée & aydée de la Grace, font la cause entiere, qui produit les bonnes œuures, & qui surmonte les tentations, tellement que par indiuis, tout le bon œuure est de la Grace aydante la volonté à consentir & agir : & il est tout de la volonté aydée par la Grace à consentir, & agir.

L'heresie de Pelagius estoit, que diuisant la Grace, & la volonté, il donnoit tout à la volonté, rien à la grace, si non paraduenture pour le mieux, & pour la plus grande facilité. L'heresie des Semipelagiens estoit, Qu'ils donnoient à la volonté le commencement des bonnes œuures ; & à la Grace le progrez, & l'acheuement seulement.

La difficulté en l'Opinion de Molina est, qu'il donne trop à la volonté, & trop peu à la Grace. La difficulté de l'Opinion contraire est, qu'elle donne trop peu à la volonté, & trop à la Grace: mon Auis, est que joignant les causes cooperantes aux bonnes œuures, & à la victoire des tentations, il faut donner tout A LA GRACE EXCITANTE, ET AYDANTE LA VOLONTÉ, ET TOVT A LA VOLONTÉ EXCITANTE, ET AYDÉE DE LA GRACE, en sa plaine, & saine liberté. Et

D

ainſi il ſemble, que toute la conteſtation vient diſtinguer la Grace contre la volonté, & la volonté contre la Grace : & de diuiſer les cauſes cooperantes, qui font enſemble la cauſe entiere des bonnes œuures : *Argumento à coniunctis ad diuiſa.* Et ce quant au premier poinct, qui eſtoit à eſclaircir, en la Queſtion de droict.

Quant au ſecond poinct, qui eſt de ſçauoir ſi la Grace, manque quelquefois, principalement aux Iuſtes, de la part de Dieu, oour s'en bien expliquer, & nettement, il conuient obſeruer deux choſes.

LA PREMIERE EST, Que comme il y a en Dieu deux puiſſances ; L'vne ordinaire, qui a ſes effects communs, & journaliers, en laquelle la Vierge-Mere demandoit *a. Quomodò fis illud ?* L'autre extraordinaire, qui a ſes effects ſinguliers, rares, & miraculeux *b, Quia non erit impoſſibile apud Deum omne verbum :* Ainſi il y a en Dieu deux Prouidences, qui diſpoſent, conduiſent, & appliquent ſes deux puiſſances, l'vne Ordinaire, de laquelle le Cours, & les voyes ſont communes, & naturelles, & à laquelle correſpondent les effects purement naturels. L'autre Extraordinaire, de laquelle les voyes, & moyens d'atteindre à ſa fin, ſont ſinguliers, & ſurnaturels, & à laquelle correſpondent les effects miraculeux, & ſurnaturels.

a *Luc.* 1. v. 35.

b v. 37.

En la Prouidence ordinaire, & Gouuernement du Monde materiel, & viſible, Outre les facultez premieres, & puiſſances naturelles, dont Dieu a doüé ſes Creatures, il leur ayde en toutes, & chacune leurs actions, par ſon Concours actif, General, & Commun : Et celuy là dans le Cours ordinaire, ne leur manque jamais de la part de Dieu. Pſal. 118. v. 9. *Ordinatione tua perſeuerat dies.* Et aux Actes : *In ipſo viuimus, mouemur c, & ſumus.* Que s'il arriue quelque deffaut à la Creature, ainſi aydée du Concours ordinaire, c'eſt de ſon coſté, par le manquement de ſa Cooperation, & par ſon Indiſpoſition.

c *Act.* 17. v. 28.

En la Prouidence Extraordinaire, & gouuernement du Monde materiel, & viſible ; Quelquefois Dieu ayde ſes Creatures d'vn ſecours Reel, poſitif, & actif extraordinaire pour produire des effects par deſſus la Nature, Rares & Miraculeux : Par exemple, quand il rebrouſſa le Soleil *d* de 15 lignes, d'vne motion active,

d 4. *Reg.* 20. v. 11.

& extraordinaire, pour retrograder contre son Cours naturel, & quand il ayda le Rocher à produire, & donner de l'Eau ; & la boüe *a* à Guarir & Esclaircir la veuë *b*.

Dans la mesme Prouidence Extraordinaire, & Gouuernement du Monde materiel, & visible, Dieu d'autre fois delaisse ses Creatures, & il leur desnie, retient, & reffuse mesme son Concours actif, commun, & ordinaire : Par exemple, quand au temps de Iosué, Dieu retira, & desnia au Soleil, & à la Lune *c* le Concours general, qui leur est necessaire pour se mouuoir : & quand vn Buysson *d* ardoit & ne consommoit point ; & quand dans la Fournaise de Babylone *e* le feu qui consomma les Bourreaux, n'osa toucher aux trois enfans : Et quand dans la fosse, les Lyons *f* ne peurent manger, ny deuorer Daniel ; pour ce que le Concours general de Dieu, manqua à tous les agens cy-dessus, qui leur estoit necessaire pour leurs actions naturelles.

Seulement entre ces deux voyes, & dispositions de la Prouidence Extraordinaire de Dieu, l'vne par secours Reels & actifs : L'autre par dereliction & abandonnement, & denegations du Concours necessaire, il y a cette difference ; Que les secours Reels & positifs sont donnez, & reüssissent à la gloire de Dieu, & au bien des Creatures, tant par eux mesmes, & de leur propre perfection ; que par les effects Rares, & Miraculeux, qu'ils produisent : Et pource en cette voye de la Prouidence de Dieu, il n'y a rien, ny d'estrange à conceuoir, ny de difficile à accorder. Mais les derelictions & abandonnemens, n'arriuent iamais, & ne reüssissent à la gloire de Dieu, par eux mesmes, ny par les maux, & deffectuositez, qui en arriuent : Ains seulement par les effects Rares, & Miraculeux aux fins desquels ils tendent, & sont disposez, & qui apres s'en ensuiuent. Et pour ce que Dieu d'vne part n'ayme, ny veut les denegations pour l'amour d'elles mesmes : L'on a peine à Conceuoir qu'ils s'en serue, & qu'il abandonne ses Creatures : & d'autre part pour ce que Dieu fait tout pour le mieux, c'est vne regle generale, QVE DIEV N'ABANDONNE IAMAIS SES CREATVRES, DE SON CONCOVRS ORDINAIRE, QVE POVR SA PLVS GRANDE GLOIRE ET POVR VN PLVS GRAND BIEN; Comme il se void ès Exemples cy-dessus, du Soleil arresté, & d'vn feu qui ardoit & ne consommoit point le Buysson ; & d'vn

a Num.
20. v. 8.

b Ioan. 9.
v. 6.

c Iof. 10.
v. 13.

d Exod. 3.
v. 2.

e Dan. 3.
v. 21.

f Dan. 6.
v. 22.

autre feu, qui ne brufloit point dans la fournaife, & es Lyons, qui
ne peurent remuer les dents pour deuorer : en toutces lefquelles,
occafions, Dieu n'a defnié fon Concours commun, ordinaire, & neceffaire, que pour fa plus grande gloire, & pour vn plus grand
bien du general, & des particuliers.

m. *Sap.*
13. 5.
n. *Rom.*
I. 20.

o. *Rom.*
11. 33.

A cette heure appliquant les chofes naturelles *m* aux furnaturelles, les materieles aux fpirituelles, & pour connoiftre les chofes inuifibles *n* de Dieu par les vifibles, & les interieures par les ex-
terieures : Sans vouloir pourtant approfondir *la hauteur o des ri-
cheffes de la Sapience, & Science de Dieu, ny comprendre fes juge-
mens incomprehenfibles, ny rechercher fes voyes inueftigables, en la
diftribution de fa Grace,* afin de toufiouss expliquer, fi elle manque quelque fois, & comment elle peut manquer aux hommes, &
principalement aux Iuftes.

LA SECONDE CHOSE A OBSERVER EST, que comme au gouuernement du monde materiel, & vifible, il y a deux Prouidences,
l'vne ordinaire, & l'autre extraordinaire cy-deffus expliquées :
Ainfi en la difpofition du falut des hommes, il y a deux voyes, con-
duites, & difpofitions, l'vne ordinaire l'autre extraordinaire.

En la Prouidence & conduite Ordinaire du falut des hommes,
outre la Grace habituelle, & fanctifiante, que Dieu donne aux Iuftes, (defquels il s'agift en la queftion de Droict,) il eft certain, que
Dieu concourt à toutes leurs actions furnaturelles par fa Grace
interieure, & qu'elle eft neceffaire en toutes, & chacune leurs
actions (comme il a efté dit deuant :) Ce qui fe fait ordinairement
par de pieufes motions, foit que Dieu parle luy mefme au cœur,
ou qu'elles viennent des predications, corrections fraternelles,
admonitions, bons exemples, lectures fainctes, ou autrement,
ET CETTE GRACE INTERIEVRE NECESSAIRE, NE
MANQVE IAMAIS AVX IVSTES DV COSTE' DE DIEV:
Et fi de cet eftat ils tombent en peché, c'eft leur faute.

p *Iob* 1. 8.
q *Matth.*
9. v. 11.
r *Luc.* 24.
v. 49.

Par Prouidence extraordinaire au Salut des hommes, quelque
fois Dieu les ayde d'vn fecours actif, plus fort & extraordinaire
de la Grace, pour produire des actions de vertus heroïques, & rares,
comme à Iob *p*, qui n'auoit pas fon femblable, & à S. Iean Baptifte,
le plus grand des enfans nais de femmes, & aux Apoftres pour les
confirmer en grace *q* & pour faire des miracles, *r* quelque fois au
lieu

lieu des motions interieures de la Grace, Dieu apparoist luy mefme, comme à S. Paul ſ, où il enuoye vn Ange, comme à Cor-
neliús ; ou par le transport de S. Philipes, vers L'Ennuque de la
Reyne d'Æthiopie, où il en vſe autrement, comme il luy plaist.
Dont, & de toutes lesquelles diſpoſitions de la Prouidence extraordinaire de Dieu, pour donner diuerſement ſa grace aux hommes, par
des ſecours actifs, reels, & extraordinaires, les exemples ſont fre-
quens en l'Eſcriture, & chez les Peres, & dans les Hiſtoires Saincles.
Dans la meſme Prouidence extraordinaire au gouuernement
ſurnaturel du ſalut des hommes, quelquefois Dieu les abandonne
du ſecours de ſa Grace interieure, qui leur eſt neceſſaire pour vaincre la tentation, en la maniere, qui ſera expliquée, pag. 19

Mais il faut remarquer, que cette ſorte de Prouidence extraordinaire de Dieu au Gouuernement, & conduite du ſalut des hommes par dereliction, & abandonnement de ſa Grace, eſt rare, &
pour peu de temps, & qu'elle ſe fait touſiours à deux fins : La premiere fin eſt, à ce que l'homme, par ſa deffectuoſité, inaction &
cheute, reconnoiſſe ſon neant, & ſon impuiſſance, & qu'il ne peut
rien ſans la Grace : La ſeconde fin de la dereliction, eſt pour la plus
grande gloire de Dieu, & pour le plus grand bien d'homme. L'iſ-
ſuë, & l'euenement eſt touſiours, que celuy, qui a eſté delaiſſé, pour
quelque temps, en fin ſe conuertit, & paraduanture, qu'il ne ſe
feuſt pas conuerty, s'il n'euſt eſté delaiſſé.

La Maladie du Lazare x, delaiſſé de Ieſus-Chriſt, qui ne voulut
aller le viſiter y, eſtoit à la mort, dans l'ordre de la Prouidence ordinaire, comme en effect, il en mourut : dans celuy de la Prouidence extraordinaire, elle n'eſtoit pas à la mort, mais pour la gloire de Dieu z. Et Ieſus-Chriſt ne l'a laiſſé mourir, que pour le re-
ſuſciter, & pour ſa plus grande gloire, & pour le plus grand bien
du Lazare ; c'eſt à ſçauoir, pour luy rendre vne vie par Reſurre-
ction, plus heureuſe, & meilleure, que celle qu'il auoit eu par ge-
neration, & pour le bien ſpirituel de pluſieurs, qui furent conuertis a,
par ce miracle, venant de la dereliction.

C'eſt vn exemple, & hiſtoire de la conduitte de la Prouidence
extraordinaire de Dieu, par dereliction exterieure de ſon Amy :
mais c'eſt vn modele myſtique, de la conduitte du ſalut des hommes, par la voye de dereliction.

E

ſ Act. 9.
v. 14.

t Act. 7.
v. 29.

x Ioan. 11.
v. 1.

y ibid. v. 6

z ib. v. 4.

a ibid. v.
46.

Le Lazare estoit *amy de Iesus-Christ*, & neantmoins il estoit malade à mort ; Symbole de *l'homme de bien*, qui est portant en peché, où en tentation, pour quelque temps, & n'est pas tousiours iuste. Iesus Christ, *ne veut pas aller voir le Lazare*, mesme il en refuse la priere de ses sœurs pour lors : C'est que *Dieu delaisse quelquefois l'homme de bien en sa maladie* ; c'est à dire en son peché, où en la tentation, & il ne l'exauce pas tousiours, sur le champ. S'il *laisse mourir le Lazare*, ce n'est pas à la mort, mais pour le resusciter à la plus grande gloire de Dieu ; C'est que quand l'homme de bien delaissé de Dieu, *tombe au peché*, ce n'est pas à la mort eternelle, mais pour sa plus parfaite iustification, & pour la plus grande gloire de Dieu. Enfin si Iesus *n'eust voulu resusciter le Lazare*, il ne l'eust pas laissé mourir, & par effect il en est resuscité, bientost apres, & plus glorieusement : tout de mesme Dieu n'abandonne iamais de sa Grace l'homme de bien, *s'il ne vouloit apres le resusciter & iustifier*, & pour son plus grand bien spirituel, & de plusieurs autres, qui profitent de son exemple ; & à la plus grande loüange, & gloire de sa Grace *a*.

a *Ephes. 1. v. 6.*

Ce que dessus ainsi supposé, & expliqué, voicy mon Auis sur la Question de Droit, en trois Conclusions.

Conclusion premiere.

CETTE PROPOSITION INDEFINIE, *La Grace interieure, qui est necessaire à la volonté, affin qu'elle puisse vouloir ce que Dieu exige d'elle, manque quelquefois aux Iustes en l'occasion du peché ;* Absolument parlant, & selon la Providence ordinaire de Dieu en la distribution de sa Grace, *est fausse*, & *dure*, & *ne peut faire vn legitime fondement, ny vtile de l'humilité Chrestienne* : mais plustost elle est *scandaleuse*, en l'occasion qu'elle donne aux Pecheurs de desespoir, & aux Iustes de murmurer contre Dieu, de ce que voulans, & faisans de leur part, du mieux qu'ils peuuent la Grace necessaire leur manque, de la part de Dieu.

Esclaircissement

IE DIS, *Cette Proposition indeffinie*, c'est à dire, illimitée, generale, & sans restriction, c'est qu'elle est ainsi couchée chez M. Arnauld en termes indeffinis & illimitez.

QVAND ie dis, *Absolument parlant*, dans ma conclusion ; c'est, qu'à mon auis, cette proposition purement, & simplement, & en ses propres termes, est fausse, & digne des autres notes, & qualitez contenuës en ma conclusion.

QVAND j'adjouste, *Selon la providence ordinaire de Dieu*, c'est que j'entends ma premiere conclusion Ordinairement, & dans la conduite de la Prouidence, & distribution ordinaire de la Grace, c'est à sçauoir pour donner lieu à ma seconde conclusion suiuante, & pour ce qu'il est faux à mon auis de dire absolument, *Que la Grace interieure manque aux Iustes, en l'occasion du peché* : Ce qui est amplement expliqué, & prouué dans le traité Latin, où sont aussi esclaircies toutes, & chacune les qualitez, dont ie note la proposition de M. Arnauld ; Mais suffiront pour le present, le transcrit de ma Conclusion ; & les obseruations cy-deuant, & l'esclaircissement cy-dessus, pour la briefueté de cet extraict.

QVAND ie dis, *manque quelque fois aux Iustes* ; l'entens pendant qu'ils sont en Grace sanctifiante, pource qu'en cet estat, ie croys que la Grace actuelle interieure ne leur manque iamais, de la part de Dieu ; & partant qu'en parlant des Iustes, la proposition de M. Arnauld est generalement fausse.

Conclusion II.

DANS LA CONDVITE *extraordinaire de la prouidence de Dieu, la Grace interieure manque quelquefois, mesme* AVX GENS DE BIEN *en l'occasion du peché, mais rarement, & seulement pour la plus grande gloire de la Grace, & pour le propre salut du particulier, à qui elle manque, & pour quelque grand bien public, & necessaire, & non autrement, ny à autre fin.*

Esclaircissement.

CE QV Z je dis, *Extraordinairement*, *& dans la conduite extraordinaire de la Providence de Dieu*, a esté expliqué dans les obseruations mises auant la premiere Conclusion.

Ie ne dis pas, *Aux Iustes*, qui sont en estat de Grace, car quant à ceux là, (comme dit est,) pendant qu'ils sont en Grace sanctifiante, ie ne pense pas, que iamais la Grace interieure leur manque : Ie dis donc *Aux gens de bien*, c'est à dire, Aux Seruiteurs de Dieu, qui sont ordinairement en grace, mais ne laissent pas de tomber en quelques notables pechez veniels, & quelquefois mortels. Et ce sont ceux, ausquels ie dis que la Grace manque quelquefois.

J'adjouste *Pour la plus grande gloire de Dieu*, & autres, bonnes fins, cy-dessus, pour ce que c'est la fin de cette dereliction, & en ce cas personne ne peut se plaindre d'estre ainsi abandonné, n'estant que pour son plus grand bien, & pour son salut.

Item, comme les Theologiens enseignent, que la permission du peché, non pas ordinairement, mais pas extraordinaire, est quelquefois vn effet de la Predestination, & pour le plus grand bien des Esleus. Ainsi j'entends que la dereliction, manquement & abandonnement de la Grace interieure, arriue quelquefois aux Seruiteurs de Dieu, pour leur plus grand bien spirituel. Et comme ie tiens que la Predestination ordinaire est, & se fait par preuoyance des merites, & neantmoins que par extraordinaire, il y a des Predestinez, mesme contre la preuoyance de leurs demerites: Ainsi ie dis, qu'encore que d'ordinaire, la Grace ne manque iamais aux Seruiteurs de Dieu, neantmoins par extraordinaire, elle leur peut quelquefois manquer, pour leur plus grand bien.

Enfin, dans l'Escriture, & chez les Peres, nous pouuons trouuer plusieurs des Seruiteurs de Dieu, ausquels la Grace a manqué: par exemple Moyse en frappant la Pierre, Dauid en son adultere, Elie en sa timidité, Ezechias en sa vanité, & ostentation de ses thresors, & de ses richesses, Zacharie Pere de sainct Iean Baptiste, en son incredulité, Sainct Pierre pourroit paradventure estre l'vn de ceux là, en ses tentemens. Sainct Thomas en son incredulité, & quelques autres: Encore ne sçait-on pas pour certain, que ces

Ser-

Seruiteurs de Dieu ayent fuccombé, pource que la Grace leur ait
manqué ; ou s'ils ont fuccombé, pource qu'ils ont manqué à la
Grace. Et ces exemples font rares, & les perfonnes y defnom-
mées n'ont tombé, que pour peu de temps, & pour leur plus grand
bien, & falut final.

Conclufion III.

EN LA CHEVTE mefme des Seruiteurs de Dieu, il eft touſiours
meilleur, & plus feur, de penfer, & de croire, & d'enfeigner,
que c'eft qu'ils ont manqué à la Grace, que de croire que la Grace
leur a manqué, mefme par quelque Prouidence extraordinaire, &
fecrete.

LA RAISON eft, Primò, pource qu'il ne faut pas recourrir
aux voyes extraordinaires fans neceffité. Secundò, Les voyes
extraordinaires ne font iamais feures fans reuelation diuine approuuée. Tertiò, en attribuant à l'homme fa cheute, l'on ne
peut faillir ; mais de l'attribuer au manquement de la Grace,
quoy que dans vne conduitte extraordinaire, il y a touſiours
du danger.

AVIS IV.

*Sur la Queftion, de Sçauoir, Si Sainct Pierre eftoit Iufte, quand
il a efté tenté, & qu'il a renié.*

QVo y que cette queftion extraicte de la pag. 226. de la Lettre de M. Arnauld, ayt paffé pour queftion de Droict,
neantmoins c'eft vne queftion de Fait & pure perfonnelle, propre
& particuliere à S. Pierre : Et vient de ce que M. Arnauld, pour
nous fournir vn Iufte, à qui la Grace a manqué, à dit Que S. Pierre
eftoit iufte au temps de fa tentation.
Surquoy mon Auis enfuit, en deux Conclufions.

Conclufion premiere.

CETTE PROPOSITION de M. Arnauld, Sainct Pierre eftoit
Iufte au temps, ou en l'occafion de fa tentation eft fauffe, à mon
Auis.   E

POVR *premiere preuue*, i'employe Sainct-Chryfoftome, al-
legué par M. Arnauld mefme, en ce qu'il taxe Sainct Pierre
de trois pechez. Car encore que M. Arnauld interprete le mot
Grec de Sainct Chryfoftome, de quelques pechez legers, l'expli-
cation n'eft pas fi certaine, que les pechez de S. Pierre par l'Efcri-
ture, où ils font d'importance, comme il fera expliqué au traicté
plus ample.

En fecond lieu, quoy que Sainct Pierre euft efté iuftifié du paffé en la Cene, *Vos mundi eftis*: a neantmoins entre la Cene, & le
reniement, il a eftropié le feruiteur du Pontife, & luy a abbatu l'o-
reille droite; lequel peché, à mon Avis, eftoit mortel.

Primò, à caufe de l'obligation griefue du commandement, que
S. Pierre a tranfgreffé, *Non occides de l'Exod. 20. 13.* & de l'autre de la *Genef. 9. 6.* que noftre Seigneur objecta à S. Pierre, *Qui-
conque frappera du glaiue, mourra du glaiue.*

Secundò, par la matiere, qui eft vne griefue bleffure, & mutila-
tion outre que Sainct Pierre vouloit fendre la tefte au feruiteur,
à ce que dit Sainct Chryfoftome, b d'où vient que cettuy-cy pan-
chant la tefte fur le cofté gauche (comme cela eft naturel,) l'o-
reille droite receut le coup; Intention de fendre la tefte, qui
rend le peché mortel.

Tertiò, par quantité de Circonftances aggrauantes, defduites
au traicté Latin de cet Avis, qui font voir que ce peché eftoit grief,
& mortel, & fujet à reparation d'importance: Auffi Noftre Seigneur guarit ce Valet fur le champ, tant pour reparer le domma-
ge fait par S. Pierre, que pour ofter fujet de plainte en juftice, &
d'eftre fait Complice du crime de rebellion, par fon Difciple, contre les Officiers de Iuftice.

En troifiéme lieu, & pour toifiéme preuue, que S. Pierre n'eftoit
pas Iufte au temps de fa cheute, ie dis, qu'eftant certain qu'il a
peché mortellement au premier reniement, auffi eft-il tres certain, qu'il n'eftoit pas Iufte au fecond, ny au troifiefme, aufquels
mefme il adjoufta le parjure, & le blafpheme, & l'anatheme:
& partant l'on ne peut pas dire abfolument, & entierement

a Ioan,
15, 3.

b Homil.
81.

que S. Pierre estoit Iuste lors de sa cheute, comme dit M. Arnauld & du moins il faut faire distinction des trois reniemens.

Et dans le traitté Latin, il est amplement respondu aux passages des Peres, alleguez en cecy par M. Arnauld, que la briefueté de cet extrait, ne permet pas de transcrire.

Conclusion II.

LA PROPOSITION de M. Arnauld, *Que S. Pierre estoit iuste au moment de sa tentation*, du moins est douteuse, comme l'estat mesme interieur, auquel S. Pierre estoit lors, est douteux.

Parce que personne ne sçait s'il est digne d'amour, ou de haine; a & l'on ne peut loüer personne de saincteté pendant sa vie; il faut attendre apres la mort, *Et tunc laus erit vnicuique à Deo.* Sainct Pierre mesme, ne sçauoit pas s'il estoit en Grace ou non; *Qui dicit se peccatum non habere; mendax est, & veritas in eo non est.* b Et quoy que la conscience ne remordist sainct Paul de rien, neantmoins il ne se tenoit pas pour iustifié. c Et il n'y a personne que Dieu, qui puisse iuger certainement de l'estat de conscience d'autruy, ny connoistre le secret du cœur, sans reuelation diuine approuuée de l'Eglise Mais il n'y en a point icy. Et il importe de peu à l'honneur de cet Apostre, de dire qu'il feust alors en Grace, puisqu'à l'heure mesme il est tombé en trois griefs reniemens, & le dessein mesme de M. Arnauld, n'est pas tant de loüer S. Pierre, que de nous fournir vn pretendu exemple d'vn Iuste, auquel la Grace a manqué, en l'occasion du peché.

a *Eccl. 9.*
1.

b *I. Ioa. I.*

c *I. Cor. 4*

AVIS V.

Sur la Question, de sçauoir, Si la Grace interieure a manqué à sainct Pierre en sa tentation.

SOIT que sainct Pierre fust alors Iuste, ou non, il reste tousiours de sçauoir, si la Grace luy a manqué. Et c'est encores vne question de pur Faict, & personnel à S. Pierre, extraite de la page 226. quoy qu'elle ayt passé pour question de Droict.

Conclusion premiere.

CETTE PROPOSITION de M. Arnauld, *La Grace inte-rieure, sans laquelle on ne peut rien, a manqué a sainct Pierre en vne occasion, où l'on ne peut pas dire, qu'il n'a pas peché: abfolu-ment, & en la prouidence ordinaire de Dieu, est fauffe, & con-traire aux bontez personnelles de Iesus-Christ enuers S. Pierre.*

Esclaircissement.

LA FAVSSETE' de cette Proposition *Absolument, & en la voye de la Prouidence ordinaire*, se verifie par le troisiesme Auis cy-dessus, principalement contre M Arnauld, qui veut que S. Pierre lors estoit Iuste. Car en ce troisiesme Au s, il est princi-palement parlé des Iustes, & que jamais la Grace excitante ne leur manque, en cet estar: Si bien que si auec M. Arnauld, nous sup-posons que S. Pierre estoit Iuste, il est faux, que la Grace luy ayt manqué. Mais si nous supposons que S. Pierre ne fut pas Iuste, la proposition est encores fausse, pource qu'en cas que S. Pierre ne fust pas iuste, sa cheute est arriuée en punition de son peché. Et non pour ce que la Grace luy ayt manquée.

J'adiouste, que cette proposition est *contraire aux bontez de Iesus-Christ, enuers la personne de S. Pierre.* Ces bontez sont non seu-lement les communes auec les autres Apostres, mais personnelles à S. Pierre. Premierrement de l'auoir fait le Prince des Apostres, & la Pierre de son Eglise. *Secundo,* La reuelation illustre de la Diuinité de Iesus-Christ. *Tertio,* Le choix & l'employ perpe-tuel de S. Pierre aux miracles, & merueilles les plus signalées, & secretes. *Quarto,* L'association à son agonie, & priere au Iardin. *Quinto,* La priere de Iesus-Christ speciale pour sainct Pierre. *Sex-to,* qu'il l'a aduerty de sa cheute, & luy a donné vn signal pour s'en releuer. *Septimo,* De l'auoir trois fois interrogé, & l'auoir prié de l'aimer. *Octauò,* De luy auoir laué les pieds le premier, & de l'a-uoir communié de son Corps, il y auoit si peu, tout cela, & au-tres bontez faisans vn corps de Grace, non seulement excitante exterieurement, mais aussi operante interieurement, venant de IESVS-CHRIST mesme, qui fait de sa part ce qu'il dit, & principalement

cipalement ayant prié pour S. Pierre, de peur qu'il ne tombast en la foy, ny en la profession de la Foy : Tellement que si S. Pierre est tombé, ce n'est point, que la Grace interieure luy ait manqué : mais qu'il a manqué à la Grace, & c'est faire tort aux bontez de IESVS-CHRIST de dire autrement, *Quid vltra debuit facere vineæ suæ, & Domino vineæ suæ ?*

Conclusion II.

SAINCT PIERRE est tombé, non pour ce que la Grace luy ait manqué, mais en punition de son peché, c'est à sçauoir d'orgueil, & de presomption, & de s'estre fait plus vaillant, que les autres, & de sa cholere contre le seruiteur du Pontife.

Esclaircissement.

IL EST DE FOY, qu'apres le peché remis, la peine souuent reste à porter, & qu'vn peché est quelquefois la punition de l'autre.

Ie dis donc, qu'encore que les trois pechez d'orgueil, & de presomption, auec mespris des autres Apostres, eussent esté remis à sainct Pierre en la Cene : neantmoins luy restant d'en porter la peine, Dieu a permis sa cheute en vn triple reniement, en punition, & pour la peine de son triple orgueil. Et ainsi, soit que S. Pierre fust alors Iuste, ou non : ce n'est pas que la Grace luy ait manqué, mais il est tombé, où estant lors en coulpe actuelle de peché, ou en punition du peché passé. Outre que le meurtre du seruiteur, ne luy estoit pas encore remis, comme dit est.

Les proportions de la cheute auec les trois vices d'orgueil, & mesme auec l'outrage fait à Malchus amplement expliquées au Traitté Latin, donnent iour à ma seconde Conclusion : Specialement en ce que celuy, qui auoit abbatu vne oreille, & blessé le seruiteur du Pontife, a eu si grande peur de sa seruante, qu'il est tombé en trois grands crimes, & par le Cousin de celuy-là mesme, qu'il auoit frappé : Et ne sçait-on pas, s'il n'y a point perdu l'oreille interieure de la foy, aussi bien que l'exterieure de la confessió de foy.

G

Conclusion III.

IL SE PEVT FAIRE de vray, en la voye de la Prouidence extraordinaire de Dieu, que la Grace interieure a manqué à S. Pierre en l'occasion de son peché, pour le plus grand bien de S. Pierre, & pour l'Exemple à l'aduenir des Prelats, & de toute l'Eglise.

Esclaircissement.

CETTE CONCLVSION s'esclaircit, & justifie par la seconde Conclusion de l'Auis III. cy dessus, ayant en l'esclaircissement d'icelle, conté S. Pierre au nombre des Seruiteurs de Dieu, ausquels par Prouidence extraordinaire, La Grace interieure manque quelque fois en l'occasion du peché, & toutes les modifications, fins & circonstances des cas de cette Prouidence extraordinaire, se trouuent en la cheute de S. Pierre, dont est question : Specialement en ce que la Grace ne l'a point abandonné, ny de loing, ny pour long-temps; IESVS-CHRIST luy ayant predit sa cheute, & donné vn signal prompt & sensible, pour s'en recognoistre, & aussi-tost apres le signal escheu, l'ayant regardé de cet œil, qui fait grace, & qui conuertit les pecheurs; Aussi Sainct Pierre sortit aussi-tost, & commença à pleurer amerement.

Conclusion IV.

NEANTMOINS IL EST MEILLEVR, Et plus seur de croire que S. Pierre, en sa cheute, a manqué à la Grace, que de dire, que la Grace a manqué à sainct Pierre, en vne occasion où l'on ne peut dire, qu'il n'a pas peché.

Esclaircissement.

CETTE CONCLVSION s'esclaircit, Premierement par les raisons de la troisiesme Conclusion de mon troisiesme Auis, cy-dessus. C'est à sçauoir qu'il est plus seur de tenir le grand chemin, & ordinaire, que les destours & voyes extraordinaires, où il y a toûjours quelque danger de s'esgarer;

Secondement, si l'on met à la balance d'vn costé, les raisons pourquoy la Grace auroit manqué à Sainct Pierre en sa tentation, & d'autre costé les bontez de Iesus-Christ enuers S. Pierre, & les moyens dont il l'a assisté, pour vaincre sa tentation, l'on trouuera lesdites raisons appuyées de quelque conjecture & apparence seulement, mais sans fondement en l'Escriture; Et les bontez au contraire, solides & personnelles, & données pour vaincre cette speciale tentation, & exprimées en l'Escriture : D'où il s'ensuiura, qu'il est plus seur de dire, que S. Pierre a manqué à la Grace, que de dire, que la Grace a manqué à S. Pierre.

SERVANT LE PRESENT EXTRAICT, outre les fins de la Preface cy-dessus, pour suppléer à ce que je n'ay pas opiné en la Faculté, sur la *Question de Droict*, & faire voir, que ce n'est pas, que *la Grace m'ayt manqué* en cette Question; *ny que j'aye manqué à la Grace en icelle* : C'est à sçauoir; ce n'est pas que la Grace m'ayt manqué, pour ce que par la Grace de Dieu, i'ay tousiours bien sçeu, & creu, que la proposition de Droict est fausse. Ce n'est pas aussi, que i'aye manqué à la Grace, ny voulu la retenir en iniustice, ny émit de dire franchement mon Auis sur la *Question de Droict*, puisque apres mon opinion sur *celle de Faict*, ie prononce tout haut en la Faculté, & proteste, que ie n'estois ny de la Doctrine, ny des opinions de Iansenius : Toute la raison, pourquoy ie n'ay pas opiné, en sa Faculté sur la *Question de Droict*, n'estant autre, qu'à cause de quelques affaires, & incommoditez, qui m'empescherent de me trouuer en Sorbonne aux derniers iours, & que cependant ie fus surpris par le finissement des Assemblées, arriué plustost que ie ne croyois.

A V I S   V I.

Sur la signature de la Censure, par tous, & chacun les Docteurs particuliers.

SI LA QVESTION de la signature estoit en son entier, ou si i'auois esté present, lors qu'elle a esté mise en deliberation, pour plusieurs causes, qui m'ont tousiours semblé iustes, veritables, & importantes, ie n'aurois pas esté d'auis, d'enjoindre fous aucunes peines, à tous Docteurs, & fuppôts de Faculté, de figner la Cenfure dont il s'agit; mais apres l'injonction de figner conclüe, quoy qu'il n'y ait plus lieu, ny voix de deliberation de la paffer, ou non : neantmoins fur l'execution d'icelle, n'eftant point contre le refpect deu à la Faculté par fes enfans, de luy expofer humblement leurs raifons, & difficultez : non plus que contre l'obeïffance des Subiets enuers leurs Souuerains, de leur faire leurs tres-humbles remonftrances, fur l'execution de leurs Edicts, & Ordonnances: & les Roys de leur part le permettans ainfi à leurs fubjets, par bonté : Plaira à la Faculté me permettre, que fur la contrainte de figner par tous les particuliers, ie luy remonftre tres-humblement ce qui enfuit.

EN PREMIER LIEV, Que iufqu'à huy, & de temps immemorial, la Faculté n'ayant iamais contraint tous les vocaux, fur quelque propofition que ce foit, de venir à l'vn des deux grands Auis, & encores moins de venir tous à vn confentement commun; Il ne femble pas iufte de contraindre ceux, qui ont efté d'auis de contraire à la Cenfure, d'y venir; ny de la figner.

EN SECOND LIEV, Qu'en vne mefme Affemblée, & fur vne mefme deliberation, vne partie de la Faculté, n'ayant point de pouuoir fur l'autre; non pas mefme la pluralité; fur le moindre auis, en matiere de Doctrine; Derechef il ne femble pas iufte, que la pluralité des voix pour la Cenfure, contraigne à la tenir, ny à la foubfcrire, les Docteurs, qui y ont efté contraires, non plus qu'à s'obliger par la fignature à tenir la Doctrine de la pluralité; L'effet & l'execution de la pluralité des voix dans la Faculté, en ce qui regarde la Doctrine, eftant feulement, que la conclufion doit paffer par la pluralité des voix; Et que s'il eft ainfi ordonné, perfonne ne puiffe efcrire, enfeigner, ny prefcher le contraire: mais non pas que tous foient obligez à tenir interieurement, la Doctrine de la pluralité, ny à s'y obliger exterieurement & par fignature.

EN TROISIESME LIEV, Que fur les propofitions bonnes, & mauuaifes, qui font defferées, & mifes en deliberation, la Faculté n'ayant qu'vn jugement nuëment doctrinal, non decifif, ny coërcitif, & ne pouuant ny les decider de foy, ny de verité infaillible, ny commander de les tenir, ny y obliger

fous

ſous aucunes Cenſures (qui ſont les ſeules peines Eccleſiaſtiques
& legitimes en matiere de Doctrine.) Au contraire, meſme apres
les concluſions de la Faculté, les propoſitions demeurantes problematiques, & libres à vn chacun : Et decider, & contraindre de
tenir quelque propoſition pour heretique, n'appartenant qu'aux
Conciles, & aux Papes, & aux Eueſques en leurs Dioceſes; Il s'enſuit que la Faculté ne peut de droit, ny iuridiquement contraindre de ſigner l'affirmatiue, ny la negatiue des propoſitions, qui luy
ſont deferées; Et par effet, s'il arriuoit que ſa concluſion n'agreaſt
pas au Pape, ou qu'il decidaſt du contraire (comme il eſt arriué à
d'autres Facultez,) & qu'alors, les particuliers, qui auroient eſté
contraints de ſigner, vouluſſent changer comme ils deuroient,
que deuiendroit leur ſignature, qui eſt pourtant permanente, &
obligatoire ? Le Pape ſans doute ordonneroit, qu'elle ſeroit bif-
fée, & reuocquée par autre ſignature.

EN QVATRIESME LIEV, Que la Faculté n'ayant
iamais enjoint de ſigner ſes Cenſures, ny en matiere de Foy, ny en
matiere d'Eſtat, concernant la Perſonne des Roys, leur depoſition,
& tranſlation de leurs Couronnes, & l'abſolution du ſerment de
fidelité de leurs Subjets : Ny en la Doctrine morale, ny en la Scola-
ſtique; C'eſt vne ſeruitude nouuelle impoſée à l'eſprit, qui ne ſe ca-
ptiue gueres, & qui n'eſt pas tenu de ſe captiuer, que ſoubs l'obeyſſã-
ce de la Foy. Et laquelle ſeruitude cauſera de grands troubles en la
Faculté ; Comme deſia en cét affaire, elle allume de l'autre bout le
flambeau de diuiſion, par l'inionction de la ſignature, qui eſtoit aſ-
ſez allumé de l'autre bout, par la conteſtation de la Doctrine. Et par
effet pourroient par aduenture pluſieurs Docteurs, quant au reſte
ſoubs ſcrire la Cenſure, qui en font difficulté à cauſe de l'injonction, & contrainte de la ſignature : tant pour ce qu'en la ſignant
par cette injonction, ce ſeroit par eux preſter conſentement à l'in-
troduction de cette nouuelle ſeruitude en la Faculté, à quoy ils ne
peuuent conſentir; qu'à cauſe des conſequences à l'aduenir ; &
principalement pour ce que par cette nouueauté, le party le plus
fort és Aſſemblées, pourra quand il luy plaira enjoindre aux autres de tenir, & de ſigner ſon Auis, & de s'y obliger par eſcrit, ce qui
ne ſe fit iamais, & qu'on ne pourra faire en quantité de rencon-
tres, & de concluſions ſans de grandes violences, & conteſtations,
leſquelles il faut euiter.   H

EN CINQVIESME LIEV, Qu'en cette celebre Controuerse, entre les Iuifs, & les Gentils conuertis, touchant l'vsage des viandes offertes aux Idoles, l'Apostre Sainct Paul deffendit toutes contestations, & altercations *Disceptationes cogitatio-*

a *Rom. 14. v. 1.* *num.* a Et pour ce que la chose estoit indifferente, & la Controuerse ardente, il permit à vn chacun de suiure son sentiment,

b *v. 5.* *Vnusquisque in suo sensu abundet* b; & qu'aucun frere ne iuge son

c *v. 10.* frere, (dit l'Apostre) entre autres raisons, *Quia omnes stabimus ante tribunal Christi* c: pour ce que le tribunal, & iugement n'appartient qu'à Iesvs-Christ: Estant vray de dire, à l'imitation de cette Sapience Apostolique, qu'en vne Doctrine indifferente, & tant qu'elle sera problematique, il eust esté meilleur, de laisser vn chacun libre, selon mon Auis interlocutoire, & d'en renuoyer le Iugement au Tribunal de Iesvs-Christ en terre, qui est le sainct Siege.

EN SIXIESME LIEV, Qu'en matiere de Doctrine problematique, & non defined de foy, les Thomistes, & les Scotistes, & les Iesuistes, & autres, estans ordinairement contraires d'opinion les vns aux autres: Et chacun ordinairement soustenant opiniastrement les maximes communes de leurs escoles: Les Souuerains Pontifes, (de peur de pis) n'ont voulu contraindre leurs sentimens. Et nommément en matiere de la Grace, Clement VIII. & Paul V. Papes, n'ont rien voulu definir de l'Efficace de la Grace; & ont au contraire deffendu aux Parties de se taxer d'erreur, ou d'heresie, & de se mal noter l'vne l'autre: La Faculté mesme n'a iamais voulu rien definir des ardentes controuerses entre les Thomistes, & Scotistes, ny autres, Et quand elle concluroit à present quelque proposition, pour les Thomistes (par exemple) contre les Scotistes; si elle vouloit contraindre ceux-cy, à tenir sa Conclusion, ou si elle leur enioignoit de s'y obliger par signature; Elle trouueroit beaucoup d'opposition, & point d'obeissance. Ainsi cette Prudence, & retenue des Souuerains Pontifes, & de la Faculté mesme, sert pour monstrer, qu'en vne Censure, dont la Doctrine reste problematique, il n'a pas esté à propos d'obliger tous les particuliers de la signer.

OVTRE LESQVELLES CAVSES, & moyens, & autres communs, qu'il plaira à la Faculté de suppléer, Quant à moy,

i'ay quatre difficultez perſonnelles, & particulieres, que ie n'ay pû
iuſques à preſent ſurmonter en verité, ny en conſcience, ny auec
honneur. Non en verité, pource que deux contradictoires
ne peuuent eſtre vrayes: Non en conscience, au preiudice tres-grief de l'honneur de mon Prochain: Non avec
honneur: C'eſt à ſçauoir apres auoir publié mes Avis, de ſigner le contraire de ce que i'ay publié, & de m'arguer moy meſme,
& par ma propre ſignature, de duplicité de cœur, & de Doctrine
en matiere de Religion, & de Salut.

Ma Premiere difficulté est, Que ſur la *Queſ-*
tion de Faict de Monſieur Arnauld, encores que ie l'aye blaſmée,
Neantmoins attendu ſes declarations, proteſtations, ſoubſmiſſion,
& demande de pardon, dont i'ay eſté porteur moy meſme en la Faculté, i'ay eſté d'auis, *quant au Faict de le renuoyer abſous de toute*
Cenſure, & i'ay ſigné mon Avis en pleine Aſſemblée, ſur le bureau
du grand Bedeau, & l'ay laiſſé és actes de la Faculté, de ſa grace, &
permiſſion: D'où il s'enſuit qu'apres cela ie ne puis au preiudice de
ma premiere ſignature, ſoubs-ſcrire aux notes mauuaiſes & infamantes de la meſme *Queſtion de Fait*, qui ſont contenuës en la
premiere partie de la Cenſure: Autrement me voila atteint, & con-
uaincu de faux, par mon propre eſcrit, & par deux ſignatures contradictoires, en vne matiere, où procedant comme Docteur, i'ay
fait ſerment de dire la verité, & comme Iuge, ie ſuis obligé de
iuger l'équité.

Ma seconde difficulté est, vne autre dupli-
cité, & contradiction, qui ſe trouueroit auſſi en ma ſignature quant
à la *Queſtion de Droit*; c'eſt à ſçauoir, qu'ayant publié par mes
Auis, que ie ne l'a pouuois en conſcience noter d'impieté, ny de
blaſpheme ny d'anatheme, ny d'hereſie: Si apres cela, ie ſoubs-
criuois la Cenſure, par laquelle, la meſme *Queſtion de Droict* eſt con-
damnée de ces quatre notes infamantes, & criminelles, ie ſigne-
rois en meſme temps, & de la meſme main, deux propoſition contradictoires.

Ma troisiesme difficulté est, vne troiſieſme
contradiction, qui ſe trouueroit és qualitez de ma ſignature, en ce
que d'vne part, ie ſoubſcrirois à la *Queſtion de Fait*, comme Iuge, pour ce que i'ay aſſiſté à l'examen d'icelle en la Faculté, & i'ay

oüy, les opinions des autres sur icelle, & moy mesme i'en ay opiné:
Et d'autre part, ie signerois la Censure, quant à la *Question de Droit*,
non comme Iuge, ny auec cognoissance de cause : Mais par vne
simple obeïssance aueugle, n'y ayant point assisté, ny oüy les opinions des autres, ny dit mon aduis en la Faculté : ce qui feroit vne
manifeste contradiction, & impertinente, & publique és qualitez
de ma signature. ET FONT CES TROIS difficultez, la raison,
pourquoy ie ne puis EN VERITÉ, signer la Censure.

MA QVATRIESME DIFFICVLTE' EST, Qu'encores
que sur la *Question de Droit*, i'aye noté la premiere, & principale proposition de M. Arnauld, comme fausse, & dure, &c.
Et ses autres propositions qui concernent le Faict de S. Pierre,
comme fausses, & contraires aux bontez de IESVS-CHRIST enuers cet Apostre; Neantmoins ie ne les puis qualifier d'heresie, ny
d'impieté, ny de blaspheme, ny d'Anatheme, pource que ie ne les
trouue point ainsi qualifiées par aucune authorité ayant pouuoir
de decider, ny de foy, ny infailliblement : Et partant quelque ge-
henne, que j'aye peu donner à ma conscience, ie ne iuge pas pouuoir sans peché, soubs-scrire ausdites qualitez de la *Question de
Droict*, qui ne sont pas de simples vices des propositions, mais des
crimes de l'Autheur, & partant qui retombent sur Monsieur Arnauld, lequel en conscience, ie ne croy pas en ses vie, & mœurs, estre
impie, ny blasphemateur, ny excommunié, ny heretique. Qu'au
contraire, par vn autre escrit, qui est aussi és actes de la Faculté, i'ay
loüé Monsieur Arnauld, de sa pieté, & de sa vie retirées; Comme
le Pape en receuant la Lettre du 25. Aoust 1655. l'a loüé de son eru-
dition, & de sa pieté; Eloge que ie n'ay pas sujet de changer, &
partant duquel par vne autre signature, ie ne puis signer le contraire. ET EST CETTE quatriesme difficulté, la raison, pourquoy
ie ne puis EN CONSCIENCE signer la Censure.

LA RAISON, pour laquelle, ie ne puis soubscrire auec honneur, est notoire, n'y ayant rien plus infame à vn Prestre, & Curé,
& Docteur, que de signer contre la verité par luy signée, & contre la synderese de sa conscience, par luy publiée.

OVTRE qu'à l'esgard des deux Questions, & de la Lettre entiere de Monsieur Arnauld, doit suffire de ma part, pour toute signature, ma declaration mise au front de ces Auis, par laquelle ie
proteste

protefte de fuiure en tout le iugement, qui en fera fait par noftre fainct Pere le Pape, & de le foubs fcrire, s'il eft ordonné.

A D J O V S T A N T , Que pour garder la police, & vnité de Doctrine en la Faculté, & le refpect, qui luy peut eftre deu, ie promets de ne iamais rien efcrire, prefcher, ny enfeigner, qui foit contraire à la Cenfure des deux propofitions dont il s'agift, qui eft tout le ferment que les Docteurs ont enuers laFaculté en matiere de Doctrine, & tout le refpect deu au S. Siege, mefme es queftions qu'il laiffe problematiques, comme eft l'Article de l'immaculée Conception, & autres.

A P R E S   L E S Q V E L L E S   D E C L A R A T I O N S , & de mes tres-humbles refpects, & foubfmiffions enuers la facrée Faculté, comme de l'enfant enuers fa mere : Si neantmoins elle me veut deffendre l'honneur de fon Nom, & me retrancher de fon Corps, & de fesAffemblées, & me priuer de fesDroits, & prerogatiues, pour ne pouuoir en ma confcience, ny au prejudice de ma fignature premiere, & de la publication de mes Auis, foubs-fcrire la Cenfure du 31. de Ianuier 1656. ie le fouffriray, auec le mefme refpect, & patience, & entiere foubs-miffion.

L E   T O V T   F A I S A N T   vne preuue certaine, & publique, & conuainquante, que ie ne fuis point Ianfenifte, & que la difficulté que ie fais de figner la Cenfure contre M. Arnauld, ce n'eft point par faction, ny par party en fa faueur, ny par rebellion à la Faculté, ny par defobeiffance à *la Societé de Sorbonne*, mais par confcience, & pour les confiderations cy-deffus, tant communes, que perfonnelles, & autres particulieres à rendre à la Societé, toutes & quantes fois que i'en feray requis.

A   Q V O Y   I E   C O N C L V S , Et fupplie humblement la Sacrée Faculté, comme font les petits fils leur Ayeule, de m'excufer, & defcharger de la fignature, dont il s'agit : & la venerable Societé de Sorbonne, ma propre, & chere Mere, de me conferuer, & continuer, apres 42. ans, & la Grace, & l'honneur de fon Adoption de ne me reprouuer, ny rejetter fans accufation, fans m'oüyr, & fans crime, du nombre de fes Enfans.

F I N.

F I N.

www.ingramcontent.com/pod-product-compliance
Lightning Source LLC
Chambersburg PA
CBHW060851180626
46818CB00004B/1653